Meiner Mutter

Markus Schöberl

LESESPLITTER II

Bibliografische Information der Deutschen Bibliothek:
Die Deutsche Bibliothek verzeichnet diese Publikation in der
Deutschen Nationalbibliografie; detaillierte bibliografische Daten
sind im Internet über http://dnb.ddb.de abrufbar.

© 2018 Markus Schöberl
Herstellung und Verlag: BoD - Books on Demand, Norderstedt

ISBN: 978-3-7528-6736-7

Inhalt

Über Lesesplitter

Als ich vor zwölf Jahren zum ersten Mal eine Lesesplitter-Sammlung abgetippt und in Taschenbuchform gebracht habe, da habe ich keinen Gedanken an eine mögliche Fortsetzung verschwendet. Die Sammlung damals umfasste ja nicht nur Fundstücke aus über 20 Jahren Leseerfahrungen der Nach-Kinderbuchzeit. Sondern vor allem aus einer Zeit, in der Bücher noch einen ganz anderen Stellenwert für mich hatten. Die 20 Jahre begannen schließlich in internetfreien Zeiten von nur drei Frensehprogrammen und noch dazu in einem fernseherlosen Jugendzimmer. Und sie umfassten ein halbes Dutzend Jahre an der Universität, in der Bücher und Lesen Arbeitsmittel Nummer eins und sozusagen Beruf waren. Dann kamen Kabelfernsehen, Internet und Beruf im Sinne eines Broterwerbs, später auch noch eine Familie. Damit einher ging ein rapider Schwund der mit Büchern verbrachten Zeit. Unter diesen Umständen, so wäre es damals erschienen, hätte ich solche Gedanken doch verschwendet, ließe sich eine Fortsetzung der Lesesplittersammlung nur über Dekaden zusammentragen.

Nun, nur zwölf Jahre später, ist dieses schmalere Bändchen entstanden. Es umfasst – Achtung: für Alltagsstatistiken bevorzuge ich stark gerundete und auf ihre Aussagekraft hin aufpolierte Zahlen – 120 Seiten, das sind etwa zehn für jedes Jahr. Der erste Band, der Fundstellen aus über 20 Jahren versammelte, ist gut 200 Seiten stark; wiederum etwa zehn für jedes Jahr. Das erscheint mir bemerkenswert. Schließlich steht beinahe jede Seite für genau eine Trouvalie. Mit bemerkenswerter Konstanz hält ein durchschnittliches Jahr also zehn solcher Funde für mich bereit.

Ich habe diese Leseplitter, Entdeckungen aus unterschiedlichsten Lektüren, vor zwölf Jahren so beschrieben: „Textstellen, die mir bei der Lektüre besonders und merkenswert erschienen. Kleine Widerhaken, mit denen der Text im sonst gleichförmigen Lesefluss besondere Aufmerksamkeit erheischte, mal Rosinen im durch und durch leckeren Kuchen, manchmal aber auch Schwalben ohne Sommer." Treffender könnte ich es heute auch nicht sagen. Und dass die bunte und ungeordnete Welt der Bücher und Texte im Durchschnitt stabil zehn Aha-Effekte pro Jahr für mich bereithält, das ist eine interessante Randentdeckung der vorliegenden Ausgabe.

Mahnend meldet sich an dieser Stelle der Empiriker in mir zu Wort: diese ‚Messung' ist massiv verfälscht. Der Beobachter ist ja zugleich der Konstrukteur seines Beobachtungsobjektes. Die kuriose Koinzidenz kursierte in seinem Kopf schon deutlich bevor die zweite Ausgabe der Lesesplitter abgeschlossen war. Dass es nund rund 120 statt zum Beispiel weniger als 100 Seiten geworden sind, das ist auch Folge herstellungstechnischer Erwägungen, die dazu geführt haben, dass im vorliegenden Bändchen Textgattungen Berücksichtigung fanden, die 2006 noch keine oder doch eine deutlich geringere Rolle spielten; angefangen von Packungsaufdrucken über Kinderzitate und Funde in Pressetexten bis hin zur erstmaligen Publikation von eigenen Gedanken-, nicht Lesesplittern.

Dass dieser Band nun nach zwölf und nicht nach weiteren zwanzig Jahren erscheint, hat einen weiteren, wichtigen Grund. Der erste Band beginnt mit einer Anekdote. Meine erste ‚Erwachsenenlektüre‘ habe ich im Regal meines Vaters gefunden, erzähle ich dort. Das könnte einen falschen biografischen Eindruck erwecken. Im Großen und Ganzen zeichnete sich das Bücherregal meines Vaters nämlich weniger durch Indianerbücher (die Anekdote dreht sich im J F Coopers Lederstrumpf) als durch technische Fachliteratur aus, um die ich damals wie heute gerne einen Bogen mache.

Die Begeisterung für Bücher und für das Lesen verdanke ich vor allem meiner Mutter. Und weil meine Mutter in diesem Jahr einen markanten, halbrunden Geburtstag feiert, möchte ich die Gelegenheit nutzen, um mich bei ihr für dieses Geschenk mit diesem kleinen Büchlein zu bedanken.

Wie schon im ersten Band schließe ich diese Vorbemerkung mit einem Warnhinweis: Lesesplitter verraten wenig über die Bücher, denen sie meist entnommen sind. Sie sind in keiner Weise geeignete Stellvertreter ihres Umfelds, thematisch nicht und auch nicht immer stilistisch. Wer sich also durch einen der folgenden Texte animiert sieht, nach dem Gesamtwerk zu greifen, der sei gewarnt: ich übernehme keine Garantien. Es finden sich hier sogar Zitate aus Büchern wieder, die ich ganz und gar nicht schätze, während umgekehrt vielleicht einige begeisternde Lektüren der letzten Jahre hier keinen Eingang fanden, weil ich beim Lesen das singuläre und impulsive Aha-Erlebnis nicht hatte, das den Fund eines Lesesplitters notwendig begleiten muss.

Abschließend noch einige editorische Hinweise: den Satz der einzelnen Lesesplitter habe ich weitestmöglich an die Original-fundstelle angelehnt; allerdings immer nur so weit, dass nicht das Gesamtbild dieser Sammlung beeinträchtigt wurde. Eigener Senf steht diesmal in eckigen Klammern; haupt-sächlich Übersetzungen aus Fremdsprachen aber, wie oben warnend erwähnt, hie und da auch Ausgedachtes statt Abgeschriebenes.

Vor uns lag ein nicht sehr hoher flacher Berg
mit steil abfallenden Wänden.

[Und ein blondgelockter Jüngling
mit kohlrabenschwarzem Haar
saß auf einer grünen Kiste,
die rot angestrichen war]

Astrid Lindgren, Die Brüder Löwenherz

Vielleicht war es das, was alle feierten: dass die Katastrophe nicht eingetreten war, dass sie auch in dieser Nacht nicht eintrat, dass der Weltuntergang nun nie mehr kommen wird. All dieses Chaos ist beherrschtes Chaos, in regelmäßigen Abständen unterbrochen, um Autos zu verkaufen.

Philip Roth, Das sterbende Tier

schnörkelloser Barock

opulenter Purismus

Zeitungsfunde
[beides über Kircheninnenräume]

He went to the door and opened it, a most unnecessary proceeding it seemed to me. I have always thought that a wild animal never looks so well as when some obstacle of pronounced durability is between us.
A personal experience has intensified rather than diminished that idea.

[Er ging zur Tür und öffnete sie, was mir ein äußerst überflüssiges Vorgehen zu sein schien. Ich war immer der Meinung, dass ein wildes Tier niemals besser aussieht, als durch ein Hindernis von erheblicher Haltbarkeit hindurch betrachtet. Eine persönliche Erfahrung hat diese Idee eher beflügelt als beschränkt.]

Bram Stoker, Dracula

Die schaurigen Vorgänge im berüchtigten
Apartment 213 eines schäbigen Wohn-
komplexes von Amerikas Bierhauptstadt
gingen um die ganze Welt. Dahmer hatte
Löcher in die Schädel junger Männer gebohrt,
Säure hineingeträufelt und so (vergebens)
versucht, Sex-Zombies herzustellen...

[(vergebens)!]

Zeitschrift **GQ**, 3/1999

Papa, Papa, die Kindersicherung habe ich schon mal rausgemacht.

Fedor, 5 Jahre

"¿...? ¿...?
Hoy es el día en que aún no lo sé.

[...?...?
Heute ist der Tag, an dem ich es noch nicht
weiß.]

John le Carré, La Casa Rusia

Eine Pausenlatte war fatal. Was tut man, wenn's plötzlich zur Pause klingelt und man mit einer Gurke, hart wie Gefriergut, den Raum wechseln muss? Das Antreten im Sportunterricht! Die Angst beim Klimziehen: dass man am Reck hängt, wenn sich das Gehänge reckt.

Thomas Brussig, Helden wie wir

Neu und ungewohnt war nur die brüllende
Hitze... die atemberaubende Luftfeuchtigkeit,
und dass alles, was er anfasste, heiß war. Die
Rehling war heiß. Die Zahnpasta war heiß.
Das Wasser des Kaltwasserhahns war heiß.

Alex Capus, Eine Frage der Zeit

Wenn aber ein Boxer je so durchdrehen
würde, wie beispielsweise Nijinsky, würden
alle Klugschwätzer der Welt schreien: "Klar!
All die Schläge auf den Kopf". Wer hat denn
Nijinsky eins verpasst? Und weshalb gibt es
keinen Zeitungsfeldzug gegen das Ballett? (Es
macht dicke Beine.)
Wenn ein Romancier, der sich nur von
Apfelkernhäusern ernährt, den Nobelpreis
bekäme, würden die Vegetarier im Chor
verkünden, diese abstoßende Lebensweise
habe sein Hirn gestärkt. Geht der Preis aber
an Ernest Hemmingway, der seit Jahren ein
nicht gerade kontaktscheuer Boxer gewesen
ist, steht niemand auf, um darauf
hinzuweisen, dass die Vibrationen der
Boxhiebe offenbar seinen Intellekt stimuliert
haben. Albert Camus, der gute Aussichten
auf den Nobelpreis zu haben scheint, ist auch
ein Exboxer.

A. J. Liebling, Die artige Kunst. Joe Louis,
Rocky Marciano und die klassische Ära des
amerikanischen Boxkampfs

Es ist hart, schwarz zu sein.
Warst du je schwarz?
Ich war es einmal – als ich arm war.
(Larry Holmes)

Joyce Carol Oates, Über Boxen

THEN I SAW THE CONGO, CREEPING
  THROUGH THE BLACK,
CUTTING THROUGH THE FOREST WITH A
  GOLDEN TRACK.
Then along that riverbank
A thousand miles
Tattooed cannibals danced in files;
Then I heard the boom of the blood-lust song
And a thigh-bone beating on a tin-pan gong.
And "BLOOD" screamed the whistles and the
  fifes of the warriors,
"BLOOD" screamed the skull-faced, lean
  witch-doctors,
"Whirl ye the deadly voo-doo rattle,
Harry the uplands,
Steal all the cattle,
Rattle-rattle, rattle-rattle,
Bing.
Boomlay, boomlay, boomlay, BOOM,"
A roaring, epic, rag-time tune
From the mouth of the Congo
To the Mountains of the Moon.

Vachel Lindsay – Auszug aus The Congo. A
Study of the Negro Race.
Gefunden in **Norman Mailer,** The Fight

Herbst-Melancholie

Mir welkt kein Garten
Ich habe keinen.
Kein Haus, durch das Oktoberwinde weinen
Mir tut das schwärzeste Gewölk nicht weh,
Weil ich so selten nur den Himmel seh.

Ich ziel nicht mehr auf goldne Himmelssterne
Mich tröstet eine kleine Gaslaterne
Mich täuscht kein Glück, enttäuscht kein
  Warten.
Mich schmerzt kein Herbst,
Mir welkt kein Garten...

Mascha Kaléko, Das lyrische Stenogrammheft

Ich rasiere mich jeden Morgen. Sportler und Filmschauspieler lassen heutzutage einen kleinen Stoppelbart stehen, um Rivalen einzuschüchtern oder anziehend auf Höhlenfrauen zu wirken, aber ein Mann meiner Generation ging eher in Unterhosen auf die Straße als unrasiert.

John Updike, Das volle Glas

Es sind schon oft Kleinigkeiten, die Menschen als Idioten ausweisen. Neben BMW Roadster fahren, am Schlagermove teilnehmen oder fortwährend im Endeffekt sagen ist Das Saxophon ist ein ganz tolles Instrument der zuverlässigste Indikator.

Heinz Strunk, Fleisch ist mein Gemüse

Grete Erber hatte ihre Drohungen wahrgemacht und war abermals in Bodendorf eingefallen! Dantes Inferno machte sich gegen die Verwünschungen aus wie onkelhafte Einschüchterungsversuche unartiger Kinder. Mit Flüchen nicht von dieser Welt deckte Reha die Adoptivtochter so hageldicht zu, als wäre Jehova sebst rächend am Werk.

[und über DEN gab es ja schon eine schöne Passage von Thomas Mann im ersten Band Lesesplitter: "... ein schnaubender Kriegsherr und Wettererreger... ein schwer zu behandelnder Kobold mit mehr dämonischen als göttlichen Zügen, tückisch, tyrannisch und unberechenbar...]

Ralph Giordano, Die Bertinis

"Es darf ruhig ein bisschen rußig
schmecken."
"Richtig! Ruhig ein bisschen rußig. Und weißt
du, was meine Frau sagt?"
"Krebs."
"Sie können ja wirklich Gedanken lesen", ist
der Vize vor lauter Schreck in die
Höflichkeitsform zurückgefallen. Unter uns
gesagt, der Brenner kann natürlich nicht
Gedanken lesen. Aber er hat schon auch so
seine Erfahrungen mit dem anderen
Geschlecht gemacht, viel Positives auch
dabei, da möchte ich gar nichts dagegen
sagen, aber natürlich einen Toast schön
schwarz werden lassen oder von mir aus
Gulasch anbrennen, das geht nicht, weil
sofort Aufschrei, dass man glauben könnte,
der liebe Gott hat ihnen nur dafür ihre hohen
Stimmen gegeben: Krebs! Krebs! Und noch
einmal Krebs!

Wolf Haas, Silentium!

Yefim Bronfman looks less like the person who is going to play the piano than like the guy who should be moving it.

[Yefim Bronfman sieht weniger wie jemand aus, der ans Klavier geht, um darauf zu spielen, als wie der Typ, der das Ding transportieren sollte.]

Philip Roth, The Human Stain

...und sah sich die Reisenden der dritten Klasse an. Auf dem langen, nach Knoblauch und Orangen riechenden Gang leistete er sich das moralische Vergnügen, die armen Kerle auf ihren harten Bänken, die sich von Wurstwaren und harten Eiern ernährten, zu beklagen. Wirklich sehr traurig, seufzte er beglückt.

Albert Cohen, Die Schöne des Herrn

'I know the sort of doctors it have in Trinidad.'
My mother used to say. 'They think nothing of
killing two three people before breakfast'.
This wasn't as bad as it sounds: in Trinidad
the midday meal is called breakfast.

['Ich kenne die Art Doktoren, die es in
Trinidad hat', pflegte meine Mutter zu sagen.
'Denen macht es nichts aus, zwei drei
Menschen schon vor dem Frühstück zu
töten'.
Das ist nicht so schlimm, wie es sich anhört:
In Trinidad wird das Mittagsmal Frühstück
genannt.]

V. S. Naipaul, The Mystic Masseur

Was man so eine Familie nennt, erschien mir
wie eine Ansammlung von Menschen, die Tag
für Tag die Teufelchen, die in ihnen wohnten,
verbargen und zum Schweigen brachten und
so den Anschein des Glücks herstellten, um
sich ruhiger und sicherer zu fühlen und sich
der Vorstellung hinzugeben, sie würden von
jemandem geliebt.

Pamuk Orhan, Istanbul

Mi madre en su lecho de muerte me suplicó que me casara joven con mujer blanca, que tuviéramos por lo menos tres hijos, y entre ellos una niña con su nombre, que había sido el de su madre y su abuela. Estuve pudiente a la súplica, pero tenía una idea tan flexible de la juventud que nunca me pareció demasiado tarde.

[Auf dem Totenbett beschwörte mich meine Mutter, dass ich mich jung mit einer weißen Frau verheiraten solle, dass wir mindestens drei Kinder haben sollten, darunter ein Mädchen mit ihrem Namen, der auch der ihrer Mutter und Großmutter gewesen war. Ich war der Bitte wohlgewogen, aber ich hatte eine so flexible Vorstellung vom Jungsein, dass es mir niemals zu spät dafür zu sein schien.]

Gabriel Garcia Márquez,
Memoria de mis putas tristes

Es wäre zu dick aufgetragen, wollte man
behaupten, dass die Augen des Ermittlers
schmolzen. Noch immer erinnerte sein Blick
an einen Basilisken. Doch bei diesen Worten
verwandelte er sich in den eines Basilisken,
der sich ein abschließendes Urteil vorbehält.

P. G. Wodehouse, Sein und Schwein

[Der Brenner hat, seit er Tabletten nimmt, oft spontane Gefühle:] Die sind einfach so herausgekommen wie bei anderen Leuten ihr Schluckauf oder ihre Meinungen.

Wolf Haas, Der Brenner und der liebe Gott

Ein Japse in Georgia? Die Leute da fraßen
Wiesel, verwenden als Zahnstocher ihre Füße
und lebten direkt auf der Erde wie Unkraut,
wie Schlingpflanzen; der arme dumme Japse
– äh Japaner – würde keinen Tag lang, ja
keine sechs Stunden durchhalten.

T. C. Boyle, Der Samurai von Savannah

Axel Springer war der Darth Vader meiner
Kindheit.

Miriam Lau in Mathias Döpfner (Hrsg.): Axel
Springer. Neue Blicke auf den Verleger

Some Englishman once said that marriage is
a long dull meal with the pudding served first.

[Irgendein Engländer hat mal gesagt, dass die
Ehe eine lange schwere Mahlzeit ist, bei der
der Nachtisch zuerst serviert wird.]

Julian Barnes, The Sense of an Ending

Die Liebe! Gewiss, die Liebe. Feuer und Flamme für ein Jahr, Asche für dreißig.

Giuseppe Tomasi di Lampedusa,
Der Leopard

Ich habe nicht allein Gegner, sondern sogar
Liebende wieder miteinander versöhnt.

Marcel Proust, zit. nach Alain de Botton:
Wie Proust Ihr Leben verändern kann. Eine
Anleitung

Er inhalierte, kippte den Kopf, hielt den Atem
an und atmete über den Geranientöpfen, die
die Balkonmauer säumten, den Rauch aus.
Sie liebte ihn, wenn auch nicht eben in
diesem Augenblick.

Ian McEwan, Der Trost von Fremden

- Dann verlass mich. Das wäre mir lieber als getrennte Schlafzimmer. Oder töte mich. Das wäre noch besser, als mich zu verlassen.
- Sei nicht albern, Brod. Ich werde nur in einem anderen Zimmer schlafen.
- Aber die Liebe ist ein Zimmer, sagte sie. Genau das ist sie.

Jonathan Safran Foer, Alles ist erleuchtet

¿Quieres la verdad? Pues no la tendrás. Te daré algo major. La mentira. Porque en la mentira puede haber amor, pero en la verdad, nunca.

[Du willst die Wahrheit? Nun, die wirst Du nicht bekommen. Ich werde dir etwas Besseres geben. Die Lüge. Denn in der Lüge kann es Liebe geben, aber in der Wahrheit niemals.]

Carlos Fuentes, Todas las familias felices

Und genau darin besteht ja der Sinn der
Liebe: keine Erklärungen abgeben zu müssen.
(...) Die Liebe... gipfelt darin, nicht lügen zu
müssen. Nicht darum, weil man so ehrlich ist,
sondern weil einer den anderen nicht zwingt,
die Wahrheit auszusprechen.

Heinrich Steinfest, Der Allesforscher

Nach der Lektüre von Poe (...) eine ganze neue literarische Welt, (...) Die Dinge spielen eine größere Rolle als die Menschen; die Liebe räumt den Deduktionen den Platz (...); die Basis des Romans vom Herzen nach dem Kopf und von der Leidenschaft zur Idee hin verschoben; vom Drama zur Lösung.

Edmond und Jules de Goncourt,
Tagebücher

Es stellte sich heraus, dass die Zahl der Bewunderer des Musilschen Romans um ein Vielfaches die Zahl seiner Leser übersteigt.

Marcel Reich-Ranicki: Sieben Wegbereiter

Das Haus hat allen zu gefallen. Im
Unterschied zum Kunstwerk, das niemandem
zu gefallen hat. Das Kunstwerk will die
Menschen aus ihrer Bequemlichkeit reißen.
Das Haus hat der Bequemlichkeit zu dienen.
Das Kunstwerk ist revolutionär, das Haus
konservativ.

Adolf Loos in: Die Welt, 13.4.2013

Kunst ist entweder Plagiat oder Revolution.

Paul Gauguin, zit. nach Martin Suter: Der
letzte Weyenfeldt

Bruno Walter, der berühmte Dirigent,
ehemaliger Nachbar der Manns in München,
Freund des Vaters, mit dem es später sogar
zum Äußersten für Thomas Mann kommt,
zum 'Du'.

Tilmann Lahme,
Die Manns. Geschichte einer Familie

Genug von Karl Kraus! (...) Er war eine
Modeerscheinung, die Staub aufgewirbelt hat,
hat einige Menschen gerechterweise und viele
ungerechterweise erbarmungslos kritisiert
und erniedrigt (...). Was man von ihm weiß,
wüsste man besser ohne ihn.

Georg Kreisler, Zufällig in San Francisco.
Unbeabsichtigte Gedichte

Fußball ist das Ballett der Massen.

Dmitri Schostakowitsch, [angeblich. Ich melde Zweifel an. Ich finde keine Belegstelle. Auch wenn D.S. wohl tatsächlich großer Zenit Leningrad Fan war.]

Wagners Musik ist besser, als sie klingt.

Mark Twain,
zit. nach: Die Literarische Welt 19/2006

Lebendige Literatur sucht sich ihren schwierigen Weg zwischen Klassizismus und Vulgarität.

Alfred Andersch,
Nachwort zu 'Der Vater eines Mörders'

Der Czerny war für seinen Schnurrbart
berühmt, der eher wie eine gulaschfarbene
Zahnbürste ausgesehen hat, und Ironie des
Schicksals: Trotz Zahnbürste im Gesicht hat
er einen fürchterlichen Mundgeruch gehabt.
Und ob du es glaubst oder nicht: Das war
noch das Sympathischste an ihm. (…)
Sein Schnurrbart ist heute nicht so ein
scharfer Keil gewesen, dass du dir daran eine
Bierflasche aufmachen könntest. Nicht mehr
Bomberpilot, sondern ein bisschen schlaff.
Fast ein bisschen wie bei diesem berühmten
Philosophen, warte einmal, wie hat der jetzt
geheißen, der das mit der Peitsche
herausgefunden hat.

Wolf Haas, Komm, süßer Tod

Wohin fällt der Mensch zurück, ..., wenn er nicht mehr dafür bestimmt ist, sein Glück zu suchen, sondern dazu verurteilt, es zu leben?

Adolf Muschg, Der Rote Ritter.
Eine Geschichte von Parzivâl

Das Neue ist selten das Gute, weil das Gute
nur kurze Zeit das Neue ist.

Arthur Schopenhauer
zit, aus dummy #44

Of the many incomprehensible things one meets in life, the hardest to assign any reason for, is the way in which misfortune dogs an individual, or a family. Take as example the case of the owner of the cow over which I had shot the leopard. He was a boy, eight years of age, and an only child. Two years previously his mother, while out cutting grass for the cow, had been killed and eaten by the man-eater, and twelve months later his father had suffered a like fate. The few pots and pans the family possessed had been sold to pay off the small debt left by the father, and the son started life as the owner of one cow; and this particular cow the leopard had selected, out of a heard of two or three hundred head of village cattle, and killed.

[Am schwierigsten zu begreifen von den vielen unergründlichen Dingen, die einem im Leben begegnen, ist die Art und Weise, in der das Unglück einen Einzelnen oder auch eine ganze Familie herniederdrückt. Nehmen Sie als Beispiel den Fall des Besitzers einer Kuh auf der ich den Leopard geschossen habe. Es war ein Junge, acht Jahre alt und ein Einzelkind. Zwei Jahre vorher wurde seine Mutter vom Menschenfresser getötet und aufgefressen, als sie im Feld war, um Gras für die Kuh zu schneiden. Und zwölf Monate später hatte sein Vater ein ähnliches Schicksal erlitten. Die wenigen Töpfe und Pfannen, die die Familie besessen hatte, wurden verkauft, um die kleine Schuld, die der Vater hinterlassen hatte, zu begleichen, und der Sohn begann sein selbstständiges Leben als Eigner einer Kuh. Und genau diese Kuh hatte der Leopard aus einer Herde von zweihundert oder dreihundert Rindern des Dorfes ausgewählt und getötet.]

Jim Corbett, Man-Eaters of Kumaon

Es ist unsinnig, in einer Welt, die ihrer
Struktur nach eine Lotterie ist, nach dem
Wohl der Menschen zu trachten, als ob es
einen Sinn hätte, wenn jedes Los einen
Rappen gewinnt und nicht die meisten
nichts...

Friedrich Dürrenmatt, Der Verdacht

I asked her why someone needed to go all the way to India to close her eyes and think about nothing. She explained it was the spiritual center of meditation. This made as much sense as me going to Vegas to masturbate to porn.

Ich fragte sie, warum man den ganzen Weg nach Indien in Kauf nehmen muss, um seine Augen zu schließen und nichts zu denken. Sie erklärte, es sei das spirituelle Zentrum für Meditation. Das erschien mir ungefähr so sinnvoll wie eine Reise nach Las Vegas, um dort vor einem Pornofilm zu masturbieren."

Joel Stein,
in Time, 10.2.2014

Es kommt mir der Gedanke, dass die
genaueste Entsprechung zur Geburt des
Geistes [die Bewusstseinswerdung eines
Kindes], der man habhaft werden kann, jene
jähe verwunderte Überraschung ist, die der
Mensch empfindet, wenn er ein Gewirr von
Zweigen und Blättern anschaut und plötzlich
merkt, dass ein anscheinend ganz natürlicher
Teil dieses Gewirrs in Wahrheit ein Insekt
oder ein Vogel mit wunderbarer Tarnung ist.

Vladimir Nabokov, Erinnerung, sprich

Denn die Grobheit macht gemein, aber die
Höflichkeit ist es, welche Abstände schafft.

Thomas Mann, Bekenntnisse des
Hochstaplers Felix Krull

Kultur ist, wenn man aus einem menschlichen Schädel eine Blumenvase macht. Zivilisation ist, wenn man dafür ins Gefängnis kommt.

Joffe/Maxeiner/Miersch/Broder, Schöner Denken. Wie man politisch unkorrekt ist

Man könne "die Empfindlichkeit gegenüber
dem Dümmsten, wenn es einmal gedruckt ist,
nicht ganz verlieren", denn die Philosophie
helfe zwar gegen die Todesangst, nicht aber
gegen Flohstiche

[dem MRR hat die Philosophie aber nicht
einmal gegen die Todesangst geholfen,
erinnere ich mich an ein Interview mit ihm]

zit. nach **Marcel Reich-Ranicki**,
Sieben Wegbereiter.

Intellektuelle sind verlässliche
Spätindikatoren, fast unfehlbare Führer zu
dem, was einmal wahr war.

Charles Morris
in Die Welt, 27.9.2008

Er begibt sich auf eine langsame Reise; etwas, das unser Geschwindigkeitsfanatismus nicht mehr kennt, denn heute gibt es nur noch Abfahrt und Ankunft, dazwischen wird Raum vernichtet.

Reinhold Batberger, Nachwort zu Joseph Conrad, Herz der Finsternis

Einer Tradition treu zu sein bedeutet, der
Flamme treu zu sein und nicht der Asche.

Jean Jaurès
zit. in Beizjagd, Heft 7/2010

Ja ist eine Straße.
Nein ist ein Horizont.

Peter Lau
in Brandeins #1/2012

Wir bemühen uns, einen Telegraphen
zwischen Maine und Texas zu bauen, aber
Maine und Texas haben möglicherweise
nichts Wichtiges zu besprechen.

H.D. Thoreau
zit. in Literarische Welt 5.5.2012

I think wisdom is very over-rated. Wisdom is just cleverness, with all the guts kicked out of it.

[Ich halte Weisheit für stark überschätzt. Weisheit ist bloß Schlauheit vermindert um allen Mumm.]

Gregory David Roberts, Shantaram

...denn unsere Gegenwart können wir verachten, aber von seiner Vergangenheit will jeder etwas haben.

Eduard von Keyserling, Wellen

There is evidence to suggest that some members of Congress aren't fully sympathetic with the necessity for a commercial nation to be multilingual. As one congressman quite seriously told Dr. David Edwards, head of the Joint National Committee on Languages, 'If English was good enough for Jesus Christ, it's enough for me.'

[Es gibt Anzeichen für die Möglichkeit, dass einige Kongressmitglieder nicht völlig von der Notwendigkeit überzeugt sind, dass eine Handelsnation mehrsprachig sein sollte. Wie es ein Mitglied des Kongresses ganz ernsthaft gegenüber Dr. David Edwards formulierte, 'Wenn Englisch gut genug war für Jesus Christus, dann ist es genug für mich.']

Bill Bryson, Mother Tongue

Die [Helmut] Schmidt-Feiern lieferten aber auch ein eindrückliches Beispiel für ein allgemeines Phänomen: für das allmähliche Verfertigen von großen Männern in der Erinnerung.

Thomas Schmid,
in: Literarische Welt, 27.12.2008

... meine größte Jugendsünde blieb, dass ich gemeinsam mit einigen Jungen aus unserem Wohnviertel einmal einige Scheiben eines Gewächshauses einwarf.

Helmut Schmidt,
Kindheit und Jugend unter Hitler

Ich war meines Deutschtums, meines
Europäertums, meines Menschentums,
meines zwanzigsten Jahrhunderts so sicher.
Das Blut? Rassenhass? Heute doch nicht,
hier doch nicht – in der Mitte Europas. (...)
Bis in den Juni 1914 [!!!] hinein habe ich alles
für Phantasie gehalten, ...

Victor Klemperer, LTI

Ansonsten war es eine unschuldige Zeit. (...),
die Abwesenden glaubte man lebendig.

Ian McEwan, Abbitte

Viele Zeitungen gab es nicht, denn für mehr
als dreißig Millionen Bürger wurden täglich
gerade einmal fünfundzwanzigtausend
Exemplare gedruckt, aber unser Herr ging
von der Annahme aus, dass man den
Menschen selbst die loyalste Presse nicht im
Übermaß geben sollte, denn wie leicht könnte
sich daraus die Gewohnheit des Lesens
entwickeln, und von da wäre es dann nun
mehr ein Schritt zum gewohnheitsmäßigen
Denken, und wir wissen ja alle, was für
Unannehmlichkeiten, Probleme, Sorgen und
Kümmernisse das mit sich bringt.

Ryszard Kapuściński, König der Könige

... obwohl zumeist einer [sic!] der Elternteile
in Deutschland geboren und aufgewachsen
ist ... Wie wird in der Familie gesprochen? ...
Ich glaube, wir alle können diese Frage
beantworten: Man spricht die Sprache aus
dem Dorf von Opa.

Heinz Buschkowsky, Neukölln ist überall

Ein Kamel, so definierte er [Winston Churchill] bei anderer Gelegenheit, sei ein Pferd "designed by a committee".

Claus Jacobi, Fremde, Freunde, Feinde. Eine private Zeitgeschichte

Die Städte in Südfrankreich sind schon lange nicht mehr abgefackelt worden. So alt wie heute waren sie noch nie.

Louis-Ferdinand Céline,
Reise ans Ende der Nacht

Ich glaube an den lieben Gott – umgekehrt
bin ich mir da nicht so sicher.

Werner Schneider,
lt. Markus Lanz in Wetten dass...

Gehe in dein Zimmer, überlege alles und nach
einer Stunde komme zu mir und sage mir in
seiner Gegenwart ja oder nein. Ich weiß, du
wirst wieder beten. Nun, meinetwegen, bete,
aber es wäre besser, du würdest überlegen.
Jetzt gehe!

Lew Tolstoi, Krieg und Frieden

Un dicho muy aplicable a nuestra limeña
realidad y a nuestro entorno:
'Y vinieron los sarracenos, y los molieron a
palos. Porque Dios ayuda a los malos, cuando
son más que los Buenos.'

[Ein Diktum, das sehr gut auf unsere
limaneische Realität und unsere Umwelt
anwendbar ist:
'Und es kamen die Sarazenen, und sie
prügelten sie windelweich. Denn Gott hilft
den Bösen, wenn das mehr sind, als die
Guten.']

Alfredo Bryce Echenique,
El huerto de mi amada

Das Dorf war so katholisch, dass es von
Dornen umgeben war.

Juan Pablo Villalobos, Quesadillas

Das ereignislose Verstreichen [des 22. Oktober 1844] ... in Milleritenkreisen als 'Die Große Enttäuschung' bezeichnet ... führte 1845 zu einer Konferenz; ... Aber der Glaube eines Jüngers ist durch nichts zu erschüttern. Die Hauptgruppe ... vertrat die Ansicht... Gott habe nicht gewollt, dass die Welt an diesem Tag unterging, sondern er habe nur mit der Überprüfung aller Namen im Buch des Lebens begonnen...

Stephen Jay Gould,
Der Jahrtausendzahlenzauber

Es war grausam von Gott, hätte es ihn gegeben, ungeformte Geister in derart ausgeformte Körper zu stecken.

John Updike,
Erinnerungen an die Zeit unter Ford

GB   Powerful Blasting Action

F   Jet Puissant

D   Super Blaster-Action

E   Potente Accion De Disparo

P   PODEROSA ACÇÃO DE LANÇAMENTO

I   SUPER GETTO POTENZIATO

NL   KRACHTIGE SPUITACTIE

S   STARK SKJUTKRAFT

DK   KRAFTFULD BLASTER_FUNKTION

GR   ΙΣΧΥΡΗ ΔΡΑΣΗ ΕΚΡΕΞΗΣ

PL   POTĘŻNE WYSTRZAŁY

TR   GÜÇLÜ PATLANA ETKISI

Packungsaufdruck Wasserpistole 'Super Soaker'

Party Loot Bag

Sac de Gala

Mitbringseltüte

Packungsaufdruck Kindergeburtstagstüte

Anfang des 19. Jahrhunderts waren es Sensationen wie die dickste Frau oder der stärkste Mann, die die Menschen in ihren Bann zogen. "Heute geht es doch nur noch um schneller, doller, lauter"...

[beklagt eine Schaustellerin den Niveauverfall in ihrem Gewerbe]

in: **Die Welt**, 6.9.2011

Die Schaubude auf dem Oktoberfest

Hereinspaziert, meine Herrschaften – 'ziert meine 'schaften – 'schaften! ... hier wird es gezeigt und sieht man es, hier entrollt es sich dem staunenden Besucher. ... ein Mensch von wunderbarer Monstrosität, innen und außen mit blondem Haar bewachsen, ein Liebling der Damen. ... Schöne Neger, graziöse Neger, die schwarze Schmach, Lieblinge der Damen. Menschenfleisch ist ihre Nahrung. Muhammed ihr Gebet. ... Die Riesendame, unsere schöne Zessa ... Sie wiegt 837 Pfund. Die schwerste, die zierlichste Dame der Erde, ein Liebling der Herren. Diese muss man gesehen haben, dieser muss man beigewohnt sein. ... Nur für Erwachsene, ausschließlich für Männer. Heute ausnahmsweise auch für Damen; Kinder zahlen die Hälfte.

Roda Roda, Rote Weste und Monokel. Das neue Roda Roda Buch.

Optimax Superplus

[gibt's bei Shell. Die einzige Benzinsorte mit 4fachem Superlativ]

Brainstorming sessions are a counterpro-
ductive way of spending time. Psychologists
refer to "the illusion of group productivity".
(...) Branistorming groups perform the worst
when the group members are asked to wait
their turn before speaking up.

[Brainstorming ist eine produktivitätsver-
nichtende Beschäftigung. Psychologen
kennen "die Illusion der Gruppen-
produktivität". (...) Brainstorminggruppen
erzielen dann die schlechtesten Ergebnisse,
wenn die Mitglieder aufgefordert sind, mit
dem Reden abzuwarten, bis sie an der Reihe
sind.]

Corwen Tyler, Discover your inner economist

Mein Chef ist ganz kollegial – manchmal fragt er mich sogar nach seiner Meinung.

eine Mitarbeiterin

Um diese Erkenntnisse in den richtigen Zusammenhang zu stellen, sollte man vielleicht auf etwas anderes hinweisen: zur gleichen Zeit als Leavitt und Cannon aus unscharfen Flecken auf Fotoplatten ihre [i.G.u.G korrekten] Schlüsse über die grundlegenden Eigenschaften des Kosmos zogen, entwickelte der Astronom William H. Picking von der Harvard University, der natürlich beliebig oft durch ein erstklassiges Teleskop blicken konnte, ebenfalls eine Theorie – danach wurden die dunklen Flecken auf dem Mond durch die jahreszeitlichen Wanderungen von Insektenschwärmen verursacht.

Bill Bryson,
Eine kurze Geschichte von fast allem

Koinzidenzen allgemein sind große steinerne Hindernisse im Wege, über die grad jene Klasse Denker immer wieder begierig stolpert, die mit Fleiß nichts aus der Wahrscheinlichkeits-Theorie lernen will – jener Anschauung also, welcher die erhabensten Gegenstände menschlichen Forschens die erhabenste Aufklärung verdanken.

Edgar Allan Poe,
Die Morde in der Rue Morgue

[sinngemäß:]
im sozialen Bereich nach einer Glockenkurve
suchen, ist wie in den Urwald gehen und
nach Dreiecken oder Quadraten suchen.

Nicholas Taleb Nassim, The Black Swan

Die Systematik der Biologie:

Phylogenetischer Baum des Lebens

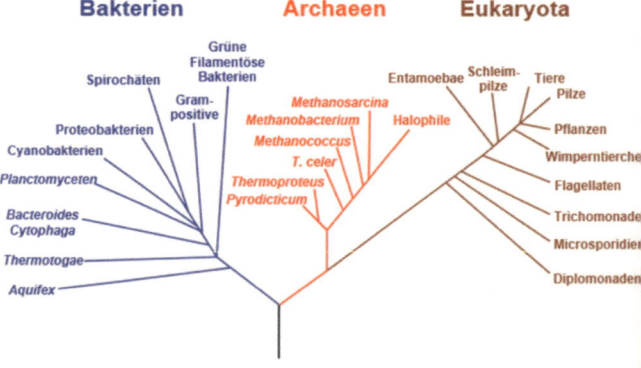

[und was sie aussagt:]

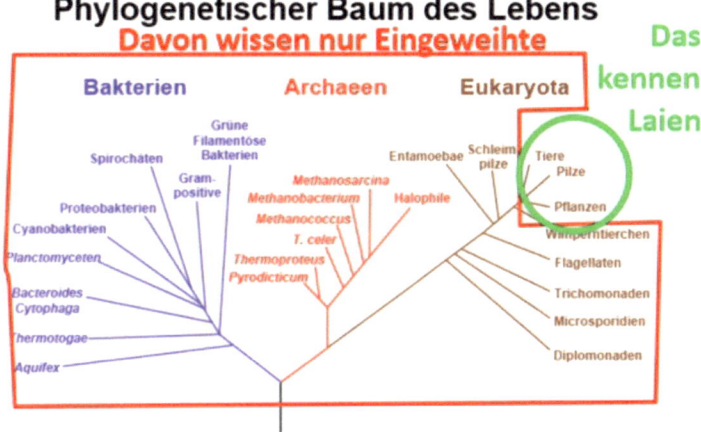

Greifvogelstimmen

Wespenbussard: wehmütg klingende, hohe 'wijeh'- oder 'liö'-Rufe

Rotmilam: 'gliehihihihi', 'liijö-liwitt'

Seeadler: 'Krick-rick-rick-rick-rick', 'rack-rack-rack'

Schlangenadler: jiiijo'

Steinadler: 'glik-glik-glik-glik'-Laute, kläffende 'jiak'-Rufe, 'kai-kai-kai-keiak-keiak' [man beachte den Wechsel von 'ai' zu 'ei']

Rötelfalke: 'kéchet', 'kéchäh'

Rotfußfalke: 'giv-giv-giv'

Eleonorenfalke: 'kjä-kjä-kjäk' und einige andere Lautäußerungen [!]

Wanderfalke: 'kazick', 'gähg-gähg-gähg', 'grä-grä-grä'

Theodor Mebs, Greifvögel Europas.

Ein Neun-Sekunden-Abschnitt eines Buckelwalgesangs enthält Geräusche, die ein wenig wie das Schnurren einer Katze und das Trompeten eines Elefanten Klingen.

Tesloffs Welt des Wissens. Wale und Delfine

Unterm Messer ist wohl immer Todesangst im Körper, trotz Tiefschlaf und Narkose; auch wenn er sich nicht rührt, das Wesen bäumt sich dennoch auf, es schreit, es rast und kehrt dann von diesen Grenzen vielleicht beschattet und verführt zurück.

Botho Strauß, Rumor

[Laut SZ kennt die Medizinwissenschaft das Phänomen des 'anarchistischen Arms'. Weltweit seien etwa 40 Fälle bekannt.]

Ein britischer Patient hatte mitten in der Nacht – gegen seinen Willen – versucht, sich selbst zu erwürgen. Einer Frau stopfte ihre anarchistische Hand Fischgräten in den Mund, bis sie würgen musste. Der Arm eines anderen Patienten stahl im Vorbeigehen Eis.

Süddeutsche Zeitung, 9./10.9.2000

Ich habe die Geschichte von Ikarus nie als Lektion über die Grenzen der Menschheit verstanden. Ich sehe sie als Lektion über die Grenzen von Wachs als Haftmittel.

Randall Munroe, What if?

Namen

Tusnelda Tivig, Sozialwissenschaftlerin

Augusto Farfus, Rennfahrer"

Der Möwe, König der Tiere

Piet Klocke,
Kann ich hier mal eine Sache zu Ende?!

Mainz ist nur einer der Schlüssel zu
Deutschland, sehr alt und groß, volkreich; die
Gassen sind eng und krumm, die Häuser
hoch. Es heißt, hier spreche man das beste [!]
Deutsch und trinke den besten Rheinwein,
und man trinkt beängstigend viel davon.

Nie war es herrlicher zu leben – Das geheime
Tagebuch des **Herzogs von Croÿ**

Akeleienliebe (Dank an Gabi S.)

Lakaieneinakter

Ukulelenluecke

Oboenapnoe

Eklat: kein Eiklar in Eclair.

Der Postillon, 1.2.2014

Rechtschreibanekdote I

[gemeint: Rafael van der Vaart, 2005-2008 beim HSV]

Fedor, ca. 3 Monate vor der Einschulung

Rechtschreibanekdote II

Wir spielen Activity. Golo muss einen Begriff pantomimisch darstellen. Er stellt dar:

[einen Star Wars **Klon**krieger]

Auf seiner Spielkarte stand: **Clown**

Golo, ca. 10 Jahre

Big Black, the big conga drummer from Ali's camp was here. Interviewed by a British reporter who asked him the name of his drum, he answered that it was a conga. The reporter wrote Congo. The zairois censor changed it to Zaïre. Now Big Black could say in interviews that he played the Zaïres.

[Big Black, der große Conga-Spieler aus Alis Camp, war da. Ein Britischer Reporter fragte ihn nach dem Namen seiner Trommel, er antwortete, es sei eine Conga. Der Reporter schrieb Congo. Der zairische Zensor änderte das in Zaire. Nun konnte Big Black in Interviews sagen, dass er (mit/gegen) die Zairer spielte.]

Norman Mailer, The Fight

... avant de trouver un café qui proposait un
tas de variétés bizarroïde de breuvage

[... bevor sie ein Café fanden, das eine Menge
bizarrer Sorten Gebräu anbot

bizarroïde hat es mir angetan. Aber wie
übersetzen? Bizarr nimmt bizarroïde leider
das Byzanthinische.]

Stieg Larsson, Millénium 3
übersetzt von Lena Grumbach und
Marc de Gouvenain

Mit Konsorten schmollieren oder sich auf den Frère-et-Cochon-Fuß stellen hieße meiner [Felix Krulls] Natur zu nahe zu treten.

Thomas Mann,
Bekenntnisse des Hochstaplers Felix Krull

... eine rätselhafte Sprache, die Worte kratzen einem im Hals wie trocken Brot, Chuttentak – zur Begrüßung, und zum Abschied – Affidersin, oder umgekehrt, Affidersin, Chuttentak, so ein Aufwand, bloß um jemanden zu begrüßen.

Eugen Ruge, In Zeiten abnehmenden Lichts

Eine rätselhafte Sprache II

warten $\neq$ **überholen**
(auf etwas)   (Bewegung, z.B.
                                    ein Auto
                                    überholen)

$\neq$ $\neq$

warten $=$ **überholen**
(etwas pflegen,   (etwas pflegen,
z.B. einen alten   z.B. einen alten
Motor warten)   Motor überholen)

Eine rätselhafte Sprache III

zahllos	$=$	zahlreich

ohne Nerven	$=$	Nerven wie Drahtseile

Manú hatte eine Freundin, ..., eine
schwedische Malerin unbestimmten Alters,
aber desto besser zu bestimmender
Abstammung: sie musste zu ihrem König
Onkel sagen.

Albert Vigoleis Thelen,
Die Insel des zweiten Gesichts

In diesem vom Gelächter und Applaus des
Publikums immer wieder unterbrochenen
Monolog fielen endlich auch in Palindromen
und Schüttelreimen verborgene Namen von
stadtbekannten Aufsichtsratsvorsitzenden,
Abgeordneten und Richtern .

[in Palindromen Namen verbergen – das ist
ganz hohe Dichtkunst]

Christoph Ransmayr, Die letzte Welt

Buddha bei die Fische

[Überschrift über eine Zeitungs-Kolumne von Jörn Lauterbach anlässlich des Besuches des Dalai Lama in Hamburg]

Hamburger Abendblatt, 21.7.2007

Übrigens sagt man in Österreich Zivildiener und in Deutschland Zivildienstleistender. Ich finde, damit kann man den ganzen Unterschied zwischen den beiden Ländern erklären.

[damit aber auch:

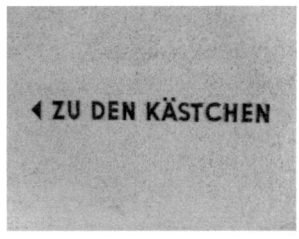

(Hinweis auf die Schließfächer in einem niederösterreichischem Freibad)]

Wolf Haas, das Wetter in 15 Jahren

As the afternoon wore on, men started disappearing from our party. One by one their hawks had decided they wanted no more proceedings, saw no good reason to return to their handlers, and instead sat in trees staring out over acres of fading pasture and wood, fluffed and implacable. At the end of the day we left with three fewer men and three fewer hawks, the former still waiting beneath their hawks' respective branches. (...) These men didn't seem annoyed; fatalistic merely. (...) There was something of the doomed polar expedition about it all, ... No, no, you go on. I'll only slow you down.

[Während der Nachmittag voranschritt, begann unsere Gruppe Männer zu verlieren. Nach und nach hatten deren Habichte entschieden, dass sie keine weiteren Unternehmungen wünschten, sie sahen keine vernünftigen Gründe zu ihren Haltern zurückzukehren und saßen stattdessen in Bäumen, von wo aus sie über weite Flächen vergehenden Bewuchses und Gehölz starrten, aufgeplustert und unerschütterlich. Am Ende des Tages waren wir drei Mann und drei Habichte weniger, erstere immer noch unter dem jeweiligen Ast ihres Habichts wartend. (...) Diese Männer wirkten nicht verärgert; eher schicksalsergeben. (...) Das hatte etwas von einer dem Untergang geweihten Polarexpedition an sich, ... Nein, nein geht ihr nur weiter. Ich würde euch nur ausbremsen.]

Helen Macdonald, H is for Hawk

Und nach Haus zu kommen war in jedem Fall eine der größten Freuden überhaupt. Jeder Hund verspürt eine angenehme Erleichterung und das Gefühl, etwas vollbracht zu haben, wenn er nur seine Lieblingsdecke erreicht.

Irene Dische, Ein fremdes Gefühl

Sport utility vehicles, those workhorses of the
warlord class

[SUV's, die Arbeitstiere der Warlords]

Jonathan Franzen, The Corrections

Und eines Abends... sah ich an diesem Brunnen einen Mann stehen, der idiotisch grinste und einen Gegenstand im Wasser schwenkte. (...) Schließlich nahm er das Ding heraus... Das Ding, wie ich jetzt sah, war ein Gebiss. Der Mann fixierte uns, sperrte sein Maul auf, setzte es ein, das Gebiss, und entfernte sich immer noch grinsend.

Markus Werner, Am Hang

[dazu passend aus Lesesplitter I:]

Aus dem offenen Mund reißt sie ihr Gebiss,
setzt es sich auf den Schädel und schreit, das
Herz in der Kehle – aber dennoch nicht
sieghaft –, mit veränderter Stimme und in den
Mund eingesunkenen Lippen (...) Diese
Gebärde war nur eine Kleinigkeit, verglichen
mit der Größe, die sie beweisen musste, um
jene nächste auszuführen: die Krone wieder
aus dem Haar zu nehmen, sie in den Mund
zurückzulegen und dort festzuhalten.
Jean Genet, Notre-Dame-des-Fleurs

Der Auersberger, den ich allen Ernstes einmal
als einen Novalis der Töne bezeichnet habe, ...
lallte von Zeit zu Zeit nunmehr noch
Unverständliches, nachdem er... urplötzlich
sein Unterkiefergebiss aus dem Mund
genommen und dem Burgschauspieler wie
eine Trophäe vor das Gesicht gehalten hat ...
was den Burgschauspieler mehrere Male das
Wort geschmacklos hatte sagen lassen,
während der Auersberger sein Gebiss wieder
in seinen Mund zurücksteckte.
Thomas Bernhard, Holzfällen

[Über ein Buch aus den Fünfzigerjahren über das ideale Schlafzimmer:] Das Schlafzimmer wurde vom Krankheitsfall, nicht von der Lust her gedacht. Es war eine Schlafvollzugs-anstalt.

Niklas Maak, Wohnkomplex. Warum wir andere Häuser brauchen